句集
杓底一残水

樫村多多良

目次

カバー装画　著者

句集　杓底一残水

新年（睦月）

まつさらな青神々し初御空

枝打ちし燈籠も据ゑ年迎ふ

結城着て下駄下ろし立て初詣で

朱の鳥居恵方詣での善男女

歳男丑の絵馬もて誓願す

屠蘇祝ふ盃は朱塗りの三つ重ね

蓮根を煮付けて香る初厨

初硯威儀正したる写経かな

舞扇凛と開きぬ初稽古

賀状来し絆の一語書き添へて

一句添ふ友の賀状に抱負知る

初釜や花びら餅を特註し

虚子の句を色紙に識し去年今年

酒蔵に杉玉新た去年今年

一隅に照らす朱い実去年今年

老いてなほ賢く生きん去年今年

春（山笑ふ）

料峭や予断許さぬ空模様

法悦の火の粉浴びをりお水取

春浅しペンキの褪せし舫ひ舟

春浅し舟の纜固きまま

春寒し地震に逝きたる友悼む

春の雪七難隠す白さかな

春雪や露地の風情に席入りす

春雪や樹々黙させて降りしきる

春の雪山に生れて海に消ゆ

華やかや立春大吉美酒に酔ふ

冴え返るビル鉄梁の鳶職人

占魚忌や集ふ句仲間酒の宴

啓蟄や探しものして古日記

清楚なる巫女の鈴舞梅真白

梅古木匂ふ城下の屋敷町

藩校に史あり臥龍の梅老樹

青天を衝く弘道館に梅匂ふ

大壺に梅枝投げ入れ茶の花に

桃の日や天啓のごと小雪舞ふ

飾られしなほ貫禄の古雛

旬の菜の薫る刃音や春厨

春満月蔵の甍を輝やかし

土佐水木茶会の床を燭しをり

中天に声のみ聴こゆ揚雲雀

天空を独り占めして雲雀啼く

春潮や一湾満たす漁り舟

独り居を慰むるがに蝶の舞ふ

春雨や傘百態の交差点

本丸の巨き楼門花万朶

花明り二の丸あたり濠深し

三の丸巡りて花の大手門

藩校の開かずの門や花吹雪

重く深く枝垂るる桜濠続く

関八州花一色に染め展く

現し世の無常を託つ西行忌

貫禄の老樹の桜見惚れをり

花衣千鳥ヶ淵の別世界

桜餅名代の香り土産とす

滝ざくら上下四方ゆ眺めたり

花冷えや名園に入り史を探ぬ

花疲れ古城の櫓朽ちしまま

花疲れ真砂女の暖簾潜りたり

沙羅の枝に巣箱括りてひたに待つ

隠り沼に静寂を残し鳥帰る

鳥帰る遅れし一羽沼の黙

前山は墨絵の世界霞立つ
花菜漬旬の香りに酒二合
城の濠並木の柳映し揺る

春田打つ里山ぐらしここかしこ

湖見ゆる松江の宿の蜆汁

山笑ふ古刹の鐘の余韻かな

菜の花忌史書も軍書も書肆に満つ

日毎濃き芝の青きに安らげり

苗木市珍木探し北叟笑む

生垣を養生せんと苗木植う

蕗の薹天ぷら名舗客あまた

夕膳に母を偲びぬ蕗の味噌

合格子第一報を届け来し

灌仏会地震鎮めてと御身拭ふ

一人静妻の遺愛を享けて咲く

丹精を篭めし十坪の豆の花

栃乙女苺に練乳惜しげなく

蹲踞に椿の落花裾模様

龍舌の如き炎や芝を焼く

をちこちに春耕の音生臭し

春の水岸辺に佇ちて詩を吟ず

春暁や西に傾く月淡し

春暁や鶏鳴を聴く鄙ぐらし

名刹の七堂伽藍風光る

下萌や心の弾む散策路

頑張ると誓ふ人等に草萌ゆる

眼福を賜はる山路木の芽晴

辿り来し峠の道の木の芽光

芽吹く春日課楽しき庭廻り

春灯心豊かに源氏読む

春燈や枕辺に置く広辞苑

春燈や京の町屋の格子窓

青き踏む信濃に多き道祖神

青き踏むこの晩節の一里塚

洛北の茅葺の里青き踏む

画架抱き気は逸りつつ青き踏む

踏青や魔界のごとき富士樹海

眼福を享けて悦なり躑躅山

夏近し柾目桐下駄下ろし履く

日時計や蒲公英の黄を敷きつめし

狢堂は昔の字《あざな》万愚節

夏（山滴る）

俯瞰せる湖の美し風薫る

風薫る鎮守の森の朱の鳥居

まほらまの笠間城跡風薫る

畔道を辿る田巡り青田風

散策路素肌に優し青田風

見晴るかす三千石の青田美し

訪ね来し熊野古道に著莪の花

妻亡くて花マロニエの巴里の町

新茶成り老舗の暖簾匂ひ立つ

雲の峰操る誰か在るごとく

雲の峰吾れ天涯の孤児ならん

雲の峰阿武隈山塊仁王立ち

花あやめ井桁の橋が良く似合ふ

裏戸ゆ見ゆ里千石の代田かな

田水張る農事暦を確と見て

田水張る一望展く水鏡

右左植田楽しむローカル線

早苗饗も無き当節の田植かな

解禁を待ち鮎簗の蛇篭編む

行者ごと腰まで浸し鮎釣り師

清流の証よあまた鮎の影

鮎釣り師間合等しく笠並ぶ

夕べには初漁の鮎届きけり

新樹光古刹伽藍を浮き彫りに

新樹光古城の森を幾重にも
深く吸ふ新樹の光庭に満つ
東門入れば溢るる新樹の香

青葉風湖畔に吟ず唐詩選

泉湧く杜に清めの御幣束

万緑や濃淡の妙絵筆執る

万緑や絵に濃淡を弁《わきま》へり

青嵐阿武隈の峰響めかし

青嵐久慈の山脈幾重にも

全山を揺がすほどの青嵐

梅雨に入る樹々にかそけき息づかひ

梅雨寒や鈍り勝ちなる道普請

形代に託し夏越を誓願す

豪快に護摩焚く僧の夏越かな

名刹の夏越の護符を神棚に

音色和す風鈴二つ風の道

軒風鈴二つ重ねて語るがに

風鈴や奥の座敷に客二人

睡蓮の開花の音に眼を凝らす
はたた神念仏唱へ平伏す
一陣の風激しくてはたた神

パナマ帽鄙には稀な旅の人

篁の坂喘ぎゆく夏帽子

クラス会少し派手目の夏帽子

動くとも見えず動きぬ蝸牛

蝸牛聴く耳を持つ聖者かな

夏に入る水戸で名のある川魚屋

鰻焼く香りに惹かれ客となる

奮発し鰻重に打つ舌鼓

竹林の風ほしいまま夏座敷

竹落葉己が余生を託ちをり

夏座敷床の青磁に一花挿す

広座敷独り占めして昼寝覚

旧街道一里塚なる夏木立

夏木立句を推敲し逍遥す

一つだけ冷房の部屋ありがたし

法螺貝が先達となる山開き

父の日や遺影に供ふ生一本

玄関に留守司る金魚鉢

避け難き蚊の早業に負け悔し

夏至の昼地球儀独り廻しをり

羅や立居振舞極まれり

乙女らの品良き踊り夏祭

夏祭軒結び合ふ注連飾り

滝見茶屋何はともあれ地酒汲む

そのかみの哀史に涙木下闇

木下闇古刹の隅の文学碑

夏料理極め手は皿の色映り

名瀑に老いも若きも大喚声

開け放ち海風招き籐椅子に

縁先の籐椅子に在り微睡みぬ

賀茂の川床風に微醺の面晒す
朝夕の打水日課に加ふ日々
夕端居小道具しかと携へて

髪洗ふ項は白く艶めかし

朝戸操る杜鵑の声の慌ただし

沙羅双樹命短く重ね落つ

噴水に意志あるごとく動き出す

牡丹の芽撫でつつ伸びを愛しむ

絵日傘を肩廻しゆく粋な人

炎昼や蛭一匹も通すまじ

蟻地獄石見銀山鉱の口

凌霄花妖しき色に蔓絡め

凌霄花蔓の走りの早きこと

三伏の暑さ滅却坐禅組む

三伏や賢しく生きん方丈記

広縁に優しき葉音風知草

青蘆や時に大河の遊水池

羅の茶会主客の崩れざる

山滴る紫に映ゆ遠筑波

一望の筑波山麓大夏野

妻遺愛命短し沙羅の花

貴婦人てふ山の白樺風涼し

山路来てこの滴りに掌を合はす

鄙にして仲間の居ない鯉幟

赤褌の水府流とて片抜き手

鷺草と望まれ挑む紙切師

夏の蝶妖しきまでの黒き翅

炎昼や棹竹売りの間のび声

華やぎも昂ぶりも失せ遠花火

節電の街に梅雨闇のしかかる

一瞬に鈍色深め土用波

間遠しや筒鳥の声山に入る

山男双肌脱ぎに汗拭ふ

山頂を極め噴き出す玉の汗
蟬時雨序にして急に奏でをり
蟬時雨黐の大本揺らぐほど

夏鶯や余生を託つ卒寿翁

秋（山粧ふ）

秋暑し記録づくめにたぢろぎぬ

顔寄せて遺影を拭ふ盆用意

手順良く事運ぶべく盆用意

妻逝きて四十年の盂蘭盆会

新涼や期するものあり書肆に立つ

新涼や心して座す文机

待ちあぐねをり新涼に掌を合はす

新涼やときめき在りて襟正す

涼新た余りに多き惑ひごと

涼新た写経の浄机整へし

爽やかや斧音響く杣の道

爽籟や入江の港船帰る

歳月の移ろひ迅し九月尽

秋高し一湾の舟勢揃ひ

天高し蔵王連峰登り来し

秋澄むや心弾ます山の旅

秋澄めり水屋に茶巾洗ふ音

いたいけな仔馬の仕草天高し

鶺鴒のす早き渡り見惚れをり

風炉名残一期一会の余韻かな

筑波嶺やまつさらな藍野分晴

坐禅堂鵙の一声貫けり

名園に笙の音響く良夜かな

ゆつたりと雲懸かりゆく良夜かな

十三夜野点の客の異邦人

秋彼岸笑める遺影に問ひかくる

写経して秋の彼岸の妻偲ぶ

秋彼岸香華漂ふ築地塀

市場一美顔痩躯の秋刀魚買ふ

白壁の蔵の構へや新酒の香

名にし負ふ大酒蔵の新走り

川霧の這ふせせらぎの深さかな

燈下親し第三版の広辞苑

燈下親し纏め買ひせし文庫本

虫時雨鄙のくらしの足るを知る

一湾の空に幾筋鰯雲

万年青の実円らな赤に癒さるる

何一つ脈絡も無く木の実落つ

律義なる友より届く初茸

星月夜遠廻りして家路行く

主産地の梨の幟の並び立つ

梨狩や馴染み農家の爺の笑み

葡萄狩り豊かな房の掌に余る

列なして名代の店の走り蕎麦

特産の常陸秋蕎麦朱の幟

旧街道芒に隠る石畳

蜩やショパンの調べ奏でをり

鰯雲不漁を嘆く漁師たち

常陸野に展く豊かな稲の秋

千枚田俯瞰に美しき稲の波

裏木戸ゆ見ゆる限りの豊の秋

曼珠沙華堤を染めて炎立つ

菊人形ドラマの主役揃ひ踏み

千年の古道の彩や柿の道

柿たわわ採らずに熟れて点景に

秋寂ぶや峡の里山家五軒

山門に宮城野萩の穂が零る

嫋やかに万葉の萩揺れ止まず

紅白の祝儀のごとし庭の萩

湖の面に影を映して山粧ふ

山粧ふ峠に据ゑて絵筆執る

信濃路や南北東西山粧ふ

茶の席に所を得たる吾亦紅

愁ひもつごとき瀬の音下り簗

落鮎や出水に逸る釣り師たち

読み倦みて木犀の香を嗅ぎに出づ

乱れ萩野点の席に降りかかる

紅葉して浅間のけむり恋余燼

山寺の紅葉は見頃磴急ぐ

山重々俯瞰する先紅葉寺

一頻り紅葉かつ散る庵道

黄落や山門蔽ふ巨欅

垣根越し照葉の映ゆる白き壁

照り葉添へ茶会の寂びを整へし

あちこちに藁焼くけむり刈田あと

万山の宴のあとの散り紅葉

ひた憶ふハイデルベルグの蔦の城

捨案山子不作の罪を着せられし

秋深む信濃山なみ画心湧く

秋深し対岸の景借りて酔ふ

万象や一雨ごとに深む秋

雁や夕陽浴びつつ嶺に消ゆ

行く秋や一期の茶会粛々と

行く秋や宴の余韻醸しつつ

行く秋や歩を停め宵の鐘を聴く

行く秋や万象寂びし寺の鐘

茶会果て道具納むる夜寒かな

禅寺や脚下照顧になる夜寒

とつぷりと野面は暮れて鳥渡る

群なして仲良きまでに鳥渡る

冬（山眠る）

芋銭子の描きし風情野の小春

懸命に呼吸を感ず残る虫

鋏鳴る庭師の梯子冬はじめ

玻璃戸越し冬日和めり炭手前

炉開きや無事是貴人の軸に替へ

侘助や白一輪の気品美し

戦中派雑炊談議宴なかば

内露地に潜めるごとく石蕗の咲く

石蕗や枯淡の性を愛しむ

禅堂の磨き抜かれし寒さかな

河豚ちりや鍋の向ふに佳人欲し

冬の波たてがみ立てて巌噛む

雪催ひ托鉢僧の身じろがず

大霜に配達の労犒ひぬ

塀越しに焚火のけむり流れ合ふ

冬木の芽これぞ生きとし生けるもの

鴨の居て静中動を感じをり

岸辺にて手持無沙汰の鴨の陣

鷹の舞ふ高潔な人想ひをり

冬薔薇気品崩さず菰の内

冬帽子トレードマークの老紳士

作務衣着し僧の日課の落葉焚き

大銀杏日課の続く落葉焚き

枯葉にも心のありて風に舞ふ

枯木立衝天の意気凛として

枯木立尾根の展望様変る

枯野にも道標のあり三里塚

ひとしきり風花舞へり峡小道

菜切り音やさし独りの冬厨

帰り花拗ねた女の置土産

鶏鳴や西に傾き月冴ゆる

旧街道冬木は黝く黙しをり

夜半までごろ寝を悔む掘炬燵

冬晴や関東平野手庇に

エプロンに抱へて冬菜届けらる

実七つ浮かべ弄する柚子の風呂

閑日月柚子湯の贅を楽しめり

雪女郎赤き蹴出しを落し消ゆ

冬夕焼殊更しるき那須の山

年用意庭師の鋏忙しげに

硯をば酒にて清め賀状書く

余白なき手帖を繰りて年惜しむ

行く年の六波羅蜜寺御札受く

天界の母撫づるがに山眠る

山眠る宴の余韻惜しみをり

赤きもの皆美しく実万両

除夜の鐘敲てて聴き大合掌

寒の入り観音崎に波頭寄す

寒行僧トゲヌキ地蔵の門前に

冬の陽や情容赦なく暮るる

寒造り酒蔵の香を嗅ぎに寄る

寒満月天心に在り神々し

星消して空支配せり寒の月

寒月に見守られ急く家路かな

寒の水含み無心に経書読む

寒竹を渡る風音身も凍る

寒鰤の糶声高し朝の市

拘はりて氷見寒鰤の切身買ふ

丹念に酒もて煮付く寒の鰤

日脚伸ぶ鉢の盆栽棚移す

春待つや紫峰筑波を見据ゑつつ

天元に黒石を置き春を待つ

節分会人並に食ぶ恵方巻

あとがき

私は伝統俳句の閉鎖性を批判し反響を呼んだ桑原武夫の「第二藝術論」を盲信し、俳句を遠ざけて晩学に過ぎたのを悔いています。遅ればせながら俳句を始めたのは平成二年（一九九〇）遠藤蛮太郎主宰の「葵倶楽部」に入会した時でした。その後平成八年市村桜川氏の紹介で齋田鳳子主宰の俳誌「かいつぶり」に入会、同人となりました。鳳子先生他界後は角田和子さん達と「水戸かいつぶり句会」を立ちあげ今日に至っています。その間、選者有馬朗人氏の「俳句朝日」に投句したり、茶道裏千家「淡交」誌、星野椿、黒田杏子、橋本榮治各氏と続く選者の「淡交俳壇」に投句を続けています。著名な俳人金子兜太、星野椿、星野高士、黒田杏子各氏の講演会や句会に特別出席、殊に銀座一丁目で小料理店卯波を営む鈴木真砂女さんの晩年に卯波の店を訪れ、親しく謦咳に接し得たことは印象的でした。

　東京在勤中、日比谷公会堂で「週刊朝日」編集長・扇谷正造氏の講演会にて〝人は自己充電の三要素として旅と読書と人間関係が肝要〟と諭され刺激を受け、国内外各地を旅し見聞を拡めて、貴重な知的財産の集積ができました。

俳歴三十年の集大成として、九十六歳の老齢ですが、幸い健康に恵まれ句集を上梓することにしました。

句集名「杓底一殘水《しゃくていいちざんすい》」は曹洞宗大本山永平寺正門に巨大に双び立つ石柱に刻まれている、右の「杓底一殘水」、左の「汲流千億人」から採択させて戴きました。茶道における禅語としても名だたる言葉であります。今回の句集出版に際しましては紅書房の菊池洋子さんに格別のご高配を賜わりました。心から厚くお礼を申しあげます。

併せて多年に亘り暖かい友情で支えて下さった句友の皆様に、深く感謝申しあげます。

令和三年五月

樫村　多多良

自画像

私は大正十四年（一九二五）十月二日、父・樫村芳彦、母・はなの姉四人のあと末子として常陸太田市内田町に生れました。本名は忠芳、俳号は多多良《たたよし》、父は土木建築請負業を幅広く営んでいました。大正十二年の関東大震災後、昭和の世界的金融大恐慌に続いて、五・一五、二・二六事件、支那事変などが起こり、続く大東亜戦争では戦時下学徒動員に駆り出され、日立製作所日立工場にて働き、米空軍機B29の一トン爆弾投下と艦砲射撃により学友七名が工場で死亡したことは痛恨の極みでした。私は宇都宮四十部隊野砲兵として入営、二ヶ月半で歴史的全面敗戦、そして飢餓が続き、正に軍国主義の世で灰色の青春時代でした。旧制太田中学、旧制福島高商卒業、昭和二十一年一月常陽銀行日立支店に入行、その後審査部、多賀支店、人事部厚生課長、新宿支店次長、小川支店長、谷田部支店長、新宿支店長、営業推進部初代営進役、太田支店長、龍崎支店長、検査部長を歴任、常陽商事常務取締役を六十二歳で退任。その間荊妻がクモ膜下出血五十三歳で夭逝、人生の諸行無常を痛感しました。退任後はカルチャー三昧に生きています。曹洞宗寺院にて参禅、詩吟八洲流七段範士、社交ダンス巴里「ムーランルージュ」でジルバを披露。裏千家茶道終身師範会員、内田町茶道教室にて指導、油絵個展二回、常銀ＯＢ岳友会「こまくさ会」にて北南アルプスを始め多くの山々を登頂、雄大な大自然の威容に魅せられました。公職としては常陸太田市選挙管理委員を二期八年拝命。ラグビーをスポーツの美学と賛辞、早大フィフティーンの熱烈なファンです。

現住所　〒三一三—〇〇三七　茨城県常陸太田市内田町三六四五
猪堂臥牛庵山人　樫村忠芳
ＴＥＬ＆ＦＡＸ　〇二九四（七四）四五八〇

句集　杓底一残水　奥附

著者　樫村多多良＊装幀　安曇青佳＊発行日　二〇二一年九月二日　初版
発行者　菊池洋子＊印刷所　明和印刷／ウエダ印刷＊製本所　新里製本
発行所　〒一七〇－〇〇一三　東京都豊島区東池袋五－五二－四－三〇三
紅（べに）書房　info@beni-shobo.com　https://beni-shobo.com
電話　〇三（三九八三）三八四八
FAX　〇三（三九八三）五〇〇四
振替　〇〇一二〇－三－三五九八五
落丁・乱丁はお取換します

ISBN978-4-89381-347-3
Printed in Japan 0001

紅書房出版目録

●二〇二一年四月二十六日

〒一七〇-〇〇一三
東京都豊島区東池袋五-五二-四-三〇三
TEL 〇三(三九八三)三八四八
FAX 〇三(三九八三)五〇〇四
https://beni-shobo.com info@beni-shobo.com

新刊・近刊案内

泉鏡花俳句集
秋山稔 編

美と幻想の作家鏡花の初句集。18歳で尾崎紅葉に入門した半年後より昭和十四年に没するまでに作った五四四句収載。鑑賞文・高橋順子(詩人) 解説・秋山稔(金沢学院大学学長・泉鏡花記念館館長)

四六判変型 上製本 二四〇頁 一八〇〇円 978-4-89381-337-4

私的長崎風土記
倉田明彦

長崎原爆投下後二年目に生まれた、医師であり俳人である著者が、長崎の奇しき歴史と自然を自詠の句と詩を添え、哀惜を込めて綴る。第二回姨捨俳句大賞(句集『青羊歯』にて)受賞。

四六判 上製カバー装 一五〇頁 一八〇〇円 978-4-89381-344-2

句集 白露
奥田杏牛

病の後、居を移し、なお無心に俳句に向かう渾身の句業。
白露なる一炯の光つらぬけり

第十句集 A五判上製函入 二〇〇頁 四〇〇〇円 978-4-89381-343-5

玉響(たまゆら) 小仲佳代子歌集

香道に精通した著者の初歌集。お香の会での詠も収載。
小寒の夕べに広がる彩雲は明日への期待を膨らましをり
お祝いひとこと・尾崎左永子 A五判 上製カバー装 一三六頁
二〇〇〇円 978-4-89381-346-6

紅書房の歳時記

吟行歳時記
上村占魚 編

改訂第五版 装釘＝中川一政 ポケットサイズ
上製・函入 六〇八頁 三三九八円 978-4-89381-032-8

祭り俳句歳時記〈新編・月別〉
山田春生 編

日本全国の祭・神事・郷土芸能一二三三項目。
新書判大 三六〇頁 一八〇〇円 978-4-89381-266-7

きたごち俳句歳時記
柏原眠雨 編

掲載季語二四八八項目を網羅。解説詳細。例句も豊富。
新書判 六〇〇頁 三五〇〇円 978-4-89381-297-1

俳句帖
題字＝中川一政

日本の伝統色五色による高級布製表紙。ポケットサイズ
季寄抄入り 紅書房版 五冊一組 三〇〇〇円

歌集 明星探求
逸見久美

与謝野研究への情熱や亡き父母、夫への思慕深き五四五首。
「評伝」の資料積み上げ五十年《いそとせ》の探求かさねし日々の重さよ
第五歌集 A五判上製カバー装 一二四頁 二六〇〇円 978-4-89381-339-8

想い出すままに 与謝野鉄幹・晶子研究にかけた人生
逸見久美

四六判 上製カバー装 三三六頁 二三〇〇円 978-4-89381-315-2

大久保房男の本

戦前の文士と戦後の文士
「純文学の鬼」といわれた元編集長が語る戦後文壇史。
四六判 上製・函入 二四〇頁 二三〇〇円 978-4-89381-273-5

文士と編集者
文士との火花を散らすような交流を綴る。
四六判 上製・函入 三五二頁 二五〇〇円 978-4-89381-239-1

終戦後文壇見聞記
終戦後の十数年間に著者が自ら見、聞いた文壇や文士たちの真実。
再版 四六判 上製・函入 二九二頁 二五〇〇円 978-4-89381-214-8

文士とは
金も名誉も命さえもかえりみず、野垂れ死に覚悟で文学に励む文士たちのすさまじい姿を、文士的編集者が語る好著。
二刷 四六判 上製・函入 二二四頁 二三〇〇円 978-4-89381-131-8

理想の文壇を
文学の衰退は文壇の俗化にあるとする名編集長が語る、具体的で興味深い文壇批判。
二刷 四六判 上製・函入 三〇〇頁 二四二七円 978-4-89381-069-4

文藝編集者はかく考える
ホンモノだけを追求した名編集長が綴る文章と文士と文壇。
改訂四版 四六判 上製・函入 三七二頁 二五〇〇円 978-4-89381-007-6

海のまつりごと
名編集長が海に生きる人々の社会の中に原日本人の姿を追求した書下ろし小説。藝術選奨文部大臣新人賞受賞作〈平成三年度〉
再版 四六判 上製・函入 三六〇頁 二七一八円 978-4-89381-058-8

尾崎左永子の本

源氏物語随想―歌ごころ千年の旅
五十四帖各帖ごとの筋と読みどころ及び文中和歌の鑑賞を添え、この一冊で源氏物語が丸ごとわかる本。
装画・齋藤カオル 四六判 上製カバー装 二八二頁 二三〇〇円 978-4-89381-2780

古典いろは随想
知ればとってもトクな古典文学ものしり帖。
再版 四六判 上製カバー装 二六四頁 二三〇〇円 978-4-89381-224-7

梁塵秘抄漂游
王朝末期の華麗と無常。平安人の純な喜怒哀楽の姿が歌謡を通して生き生きと綴られる。
三刷 四六判 上製カバー装 二八〇頁 二三三三円 978-4-89381-075-5

歌集 彩紅帖
歌集『さるびあ街』に続く第二歌集
A五判変型 上製・函入 二五二四円 978-4-89381-046-5

梶井重雄の本

万葉の華
A五判 上製カバー装 二六四頁 二八五八円 978-4-89381-237-7

歌集 天耳(てんに)
第六歌集 A五判 上製カバー装 二〇〇頁 二三八一円 978-4-89381-222-3

返照
A五判 上製カバー装 一九二頁 二八五八円 978-4-89381-228-5

複眼の世界――読書と読書会
A五判 上製カバー装 二五六頁 二八五八円 978-4-89381-247-6

歌集 光冠の彩《いろ》
百歳記念 第七歌集 A五判 上製カバー装 一九六頁 二八五八円 978-4-89381-274-2

●品切の本
万葉植物抄

上村占魚の本

句集 自問
第十句集 四六判 上製・函入 二八〇頁 三三九八円 978-4-89381-029-8

句集 放眼
第十一句集 四六判 上製・函入 二六四頁 三三九八円 978-4-89381-078-6

句集 玄妙
遺句集 第十二句集 四六判 上製・函入 二一六頁 二九一三円 978-4-89381-100-4

評論随想集 占魚の世界
四六判 上製カバー装 三〇四頁 二八五八円 978-4-89381-235-3

瓢簞から駒 上村占魚随筆集
四六判変型 上製カバー装 一六八頁 二三八一円 978-4-89381-260-5

●品切の本
高野素十俳句私解
鑑賞 徹底寫生 創意工夫
遊びをせんとや
占魚季語逍遥

紅通信 78

紅《べに》書《しょ》房《ぼう》

木を見上げて

吉田　加南子

この三月で、常勤として約三十年、その前の非常勤講師時代も入れると四十年近く勤めた大学を、停年退職する。

自分が学んだ学校でもある。想いかえしてありがたいと思うことのひとつに、学内の自然がある。東京山の手線の環のなかだが、春の梅や桜、つつじ、秋口には曼珠沙華、やがていちょうの葉が黄色にいろづく……。

緑色の桜を教えてくださったのは、ギリシャ哲学専攻のS先生である。「ほんとうに緑色なのよ」とおっしゃるあとを半信半疑でついてゆき、見上げるとたしかに薄緑色の花が咲いていた。あわてて調べ、鬱金という種類の桜だと知った。「木というものは、すばらしい生命《いのち》だ。立派ですね」と、魅入られたように眺めていらした、ドイツ文学専攻のM先生と並んで、見慣れていたゆりのきを、しみじみと眺めたこともある。

凧《いかのぼり》きのふの空のありどころ　蕪村
風船を手放すここが空の岸　五千石
秋の風むかしは虚空声ありき　楸邨

木を見る、見上げるとは、空と向きあうことでもある。枝を透かして青が濃くなる空、見守るように木のむこうに広がる空、――空が包んでいる、現在を超え、そして現在でもある時間の深さと。

言の葉とは、もとコトの端《は》だという。端でよい、端《はし》であるからこそ詩は、空の深さと出逢う場所、空の岸でありうるのではないかと、芽吹きはじめた木々を見ながら思う。

〈詩人・フランス文学者〉

逸見久美著
『想い出すままに　与謝野鉄幹・晶子研究にかけた人生』鑑賞

「再遊説」のころ

久保　忠夫

わたしがはじめて逸見（翁）久美さんにお会いしたのは昭和26年11月4日(日)大正大学で開かれた一葉・晶子展の折であった。両人、数え26歳、逸見さんは前年晶子研究を書いて早稲田大学を卒業、わたしは東北大学の2年で朔太郎研究に余念がなかった。

当日の呼びものは明治34年2月2日の鉄幹あて晶子の手紙で、この手紙には『みだれ髪』の「君さらば巫山《ふざん》の春のひと夜妻またの世《よ》までは忘れゐたまへ」の歌が「君さらば粟田の春のふた夜妻またの世まではわすれ居給へ」のかたちで出ているとの前評判であった。逸見さんもわたしも食い入るように見、そして、ノートに書き写した。

ふつう、「再遊説」というと、神崎清氏が昭和23年から24年にかけて発表した興味本位というより云いようのない、上述の手紙を含む三つの文章を意味するといってよいと思う。しかし、発表は後れたが、いま一人真摯な研究によって、「更に翌三十四年鐵幹とともに梅と椿の花さくかの京都永観堂に再遊した早春を極期とし、」と書いた湯浅光雄氏がいたのである。湯浅さんはロマンス社版の『與謝野晶子全集』第一巻（昭25・3）に「解説」を書き、そこにこのようにしるしたのである。湯浅さんの行き方はまさに「眼光紙背に徹す」といったもので、小林天眠氏に再遊説の根拠を「その記録は何れより御引用になりましたか」と問われた時、「明星十一、十二号所載の詩と歌と」と答えている。湯浅流文献学的実証主義は〝「月に吠える」以前〟（「スバル」第七号　昭26・3）にもよくあらわれている。「明星」

をよく読むことによって、中学時代の朔太郎が「明星」の歌人であったことを立証してみせたのである。

岩野喜久代主宰の歌誌「浅間嶺」の昭和26年2月号と3月号に湯浅光雄氏の「再遊説」をめぐる小林天眠氏批判が載り、5月号、6月号に天眠氏の反論が載り、論争も行われたのである。

小林天眠氏のなくなったのは昭和31年9月16日であるが、11月号の「浅間嶺」には岩野氏の〝天眠翁と「再遊説」〟が掲げられた。その白熱ぶりを「これに対し湯浅博士も負けてはゐない。歌が空想の所産でない具体性を示す為に、一月の京都の降雨量の測候所古記録まで引出して自説の正しさを主張された。」と岩野氏は書いた。これについて思い出があるのでそれをかかせていただく。

昭和26年の5月だったと思う、「君、京都の人で明治34年の日記をつけている人を知らないかね」と唐突に湯浅先生がいい出した、「知りませんが、……何をお調べになられるのですか」とわたし、「寛先生の歌に「木屋町は雨」とあるのだが、一月十一日の作と思う、それで、十一日が京都は雨だったかどうか知りたい」と湯浅先生。その時、脳裡に「それなら地球物理学の教室」とひらめいた。翌日、教室へ行って来意を告げると、ひと綴りの雑誌を見せてくれた、すぐに閲覧すると、求める1月11日の雨量がわかった、さっそく湯浅先生に報告したが、先生、大喜び。資料は「気象集誌」。

ことしは昭和94年、はじめてお会いしてから70年近い時が経ちます。その間、逸見さんのなさったお仕事は偉業というに価します。どうか健康で『鉄幹晶子全集』を完成させて下さい。祈念いたしております。

〈日本近代文学研究者・東北学院大学名誉教授〉

発売中　表示の本体価格に税が加算されます。

戦前の文士と戦後の文士　大久保房男
四六判　上製・函入　二四〇頁　本体二三〇〇円

文士と編集者　大久保房男
四六判　上製・函入　三五二頁　本体二五〇〇円

終戦後文壇見聞記　大久保房男
再版　四六判　上製・函入　二九二頁　本体二五〇〇円

文藝編集者はかく考える　大久保房男
第四版　四六判　上製・函入　三七二頁　本体二五〇〇円

書下ろし長篇小説・藝術選奨文部大臣新人賞受賞
海のまつりごと　大久保房男
再版　四六判　上製・函入　三六〇頁　本体二七一八円

ささやかな証言—忘れえぬ作家たち　徳島　高義
四六判　上製カバー装　二八八頁　本体二五〇〇円

古典いろは随想　尾崎左永子
再版　四六判　上製カバー装　二六四頁　本体二三〇〇円

梁塵秘抄漂游　尾崎左永子
三刷　四六判　上製カバー装　二〇八頁　本体二三三三円

源氏物語随想—歌ごころ千年の旅　尾崎左永子
四六判　上製カバー装　二八〇頁　本体二三〇〇円

啄木の函館—実に美しき海区なり　竹原　三哉
四六判　上製カバー装　二九六頁　本体一九〇五円

友　臼井吉見と古田晁と　柏原　成光
四六判　上製カバー装　二四八頁　本体二〇〇〇円

随筆集　**鯛の鯛**　室生　朝子
四六判変型　上製カバー装　二八八頁　本体一九〇五円

犀星　句中游泳　星野　晃一
四六判　上製カバー装　三四四頁　本体二三〇〇円

室生犀星句集　星野晃一編
文・川上弘美、四六判変型上製　二四〇頁　本体一八〇〇円

俳句の明日へⅡ
——芭蕉・蕪村・子規をつなぐ　矢島　渚男
再版　四六判　上製カバー装　三〇八頁　本体二四〇〇円

俳句の明日へⅢ—古典と現代のあいだ—　矢島　渚男
四六判　上製カバー装　三一二頁　本体二四〇〇円

身辺の記／身辺の記Ⅱ　矢島　渚男
「梟」主宰　四六判変　上製カバー装　本体各二〇〇〇円

風雲月露—俳句の基本を大切に　柏原　眠雨
四六判　上製カバー装　三九二頁　本体二五〇〇円

公害裁判　イタイイタイ病訴訟を回想して　島林　樹
再版　A五判　上製カバー装　七二八頁　本体二八五八円

裁判を闘って　弁護士を志す若き友へ　島林　樹
四刷　A五判　上製カバー装　三三六頁　本体一八〇〇円

海を渡った光源氏
——ウェイリー、『源氏物語』と出会う　安達　静子
四六判　上製カバー装　四三二頁　本体二六八六円

私の万華鏡—文人たちとの一期一会　井村　君江
四六判　上製カバー装　二八六頁　本体二五〇〇円

新刊・近刊

想い出すままに
与謝野鉄幹・晶子研究にかけた人生　逸見　久美
四六判　上製カバー装　三三六頁　本体二一〇〇円

歌集　**命ありて今日**　柳川　雅子
第一歌集　四六判　上製カバー装　一九二頁　本体一八〇〇円

句集　**鵲**（かささぎ）**の橋**　金子　苗子
序・矢島渚男　四六判　上製カバー装　一八八頁　私家版

●和歌秀詠アンソロジー・二冊同時発刊

恋うた　百歌繚乱　松本　章男
四六判　上製カバー装　三五四頁　本体一三〇〇円

心うた　百歌清韻　松本　章男
四六判　上製カバー装　三六〇頁　本体一三〇〇円

●第二回姨捨俳句大賞受賞
句集　**青羊歯**　倉田　明彦
A五判変型　上製カバー装　一九〇頁　本体二三一五円

句集　**木椅子**　稲村　茂樹
第一句集　四六判　上製カバー装　一八四頁　本体二五〇〇円

●二〇一八年度中日短歌大賞・日本歌人クラブ東海ブロック優良歌集賞受賞
歌集　**園丁**　河田　育子
音叢書　四六判　上製カバー装　二〇八頁　本体二五〇〇円

紅通信第七十八号　発行日/2019年５月20日　発行人/菊池洋子
発行所/紅(べに)書房　〒170-0013 東京都豊島区東池袋5—52—4—303
振替/00120-3-35985　電話/03-3983-3848　FAX/03-3983-5004
https://beni-shobo.com　info@beni-shobo.com